Publication hebdomadaire.

FASCICULE

N° 32

Ouvrage complet en
40 fascicules

Jeudi 6 Novembre 1919

PRIX NET:

1 fr. 25

France et Colonies
Étranger, *port en sus*

NOTRE ALSACE
NOTRE LORRAINE

Ouvrage publié sous la Direction de
L'ABBÉ WETTERLÉ et CARLOS FISCHER

Dans ce fascicule :

DE M. A. BARIGUER :

L'AGRICULTURE
EN ALSACE ET LORRAINE

DE M. JEAN KNITTEL :

LA VIE
EN PLEIN AIR

Dix-neuf Dessins et Photographies.

HORS-TEXTE : *Pour le retour des Français,* tableau de C.-A. Pabst (HÉLIO.)

L'ÉDITION FRANÇAISE ILLUSTRÉE, 30, RUE DE PROVENCE, PARIS

en quelque sorte concurrence à lui-même, parce que seuls nos petits vins se vendaient pour servir à des manipulations louches, tandis que nos bons vins étaient dédaignés et ne trouvaient pas sur le marché général la place qu'ils auraient dû occuper.

Nous espérons maintenant que le retour de l'Alsace à la France pourra faire renaître dans notre vignoble un état de chose plus normal ; des petits vins de France seront offerts assez

saire, être accordées à ceux qui se décideront à arracher leurs vignes ; et le traité de paix donne la facilité de pouvoir, pendant un certain temps, expédier sans droits en Allemagne nos vins alsaciens, s'ils y sont encore demandés.

Malheureusement, il est impossible actuellement de parler de la vigne, sans aussitôt être obligé de parler également de son plus cruel ennemi, le phylloxéra, et l'administration française devra immédiatement se préoccuper de

TYPES DE PAYSANS ALSACIENS DE LA RÉGION DE WISSEMBOURG
(Dessin de Th. Schuler.)

bon marché, pensons-nous, pour rendre inutile en Alsace la culture des vignes en plaine, qui pourront être utilement remplacées par d'autres cultures tout aussi rémunératrices, étant donné le prix auquel se vendent actuellement la viande, le lait et la farine. Quant à nos bons vins de côte, ils continueront à jouir de leur ancienne réputation et prendront, sur les cartes des restaurants, la place qu'y occupaient les vins allemands, tristes produits d'une sophistication éhontée.

Des indemnités de changements de culture pourront d'ailleurs, si cela est reconnu néces-

cette question et lui donner une solution nouvelle. Sans doute les rigueurs de nos longs hivers et peut-être aussi le mode de culture employé chez nous ont-ils empêché le fléau de prendre en Alsace l'allure foudroyante qu'il a parfois prise en France, en sorte que les méthodes dites d'extinction, qui étaient employées pour lutter contre la maladie et nous étaient imposées par la législation d'Empire, ont contribué à entraver la rapidité des progrès de l'insecte dévastateur, mais sans les arrêter complètement ; et nos représentants officiels, malgré l'énergie de leurs légitimes revendications, ne sont pas arrivés à faire modifier les dispositions légales : des millions ont été dépensés, et, malgré les arrachages, les désinfections au pétrole et au sulfure de carbone, l'établissement de zones de sûreté, le nombre des foyers phylloxérés n'a cessé d'augmenter, et on arrivait à prétendre, dans le vignoble, que la lutte contre la maladie occasionnait plus de dégâts que la maladie elle-même.

Il s'agit maintenant de renoncer à ce système,

expériences seront nécessaires. Heureusement que, grâce aux patientes recherches d'un éminent œnologue alsacien, M. Oberlin, une grande partie de ces expériences ont été faites, et il ne reste qu'à mettre des replants racinés et greffés à la disposition de nos viticulteurs, en leur donnant sur les espèces fournies toutes les garanties nécessaires.

Il me reste maintenant, pour compléter cet aperçu général sur la situation agricole de

LA TREILLE
(Peinture à l'huile de Th. Schuler.)

(Cliché : Revue Alsacienne Illustrée.)

qui n'a donné que des déceptions et des ennuis, et le gouvernement français n'aura qu'à se préoccuper de permettre aux vignerons alsaciens de reconstituer le plus rapidement possible, et avec les moindres frais, leur vignoble dévasté en leur fournissant les plans greffés dont ils auront besoin. La seule difficulté consiste à trouver les porte-greffes qui conviennent à nos cépages indigènes, et, sous ce rapport, les expériences faites en France ne pourront nous servir, parce que nos principaux cépages, ceux qui fournissent nos meilleurs vins blancs, sont inconnus de l'autre côté des Vosges, et que de nouvelles

l'Alsace, à parler de la culture des céréales et de quelques plantes industrielles, telles que le tabac et le houblon, qui prennent une place importante dans nos cultures.

Les céréales jouent nécessairement dans nos assolements, où elles succèdent aux récoltes sarclées, un rôle prépondérant, puisque, dans les deux départements alsaciens, le blé, l'orge, le seigle et l'avoine étaient cultivés sur près de 175 000 hectares, qui représentent 54 p. 100 de la surface totale agricole. Les rendements sont en général satisfaisants, sans toutefois atteindre les gros chiffres des grandes et belles fermes qui, avant les dévastations de la guerre, étaient la gloire du nord de la France. Nous produisons en Alsace une moyenne de 17 hectolitres à l'hectare pour le blé, de 20 hectolitres pour le seigle, de 22 hectolitres pour l'orge, dont la presque totalité est destinée à la fabrication de la bière, et de 25 ou 30 hectolitres pour l'avoine.

L'Alsace arriverait facilement, avec un léger effort, à couvrir les besoins de sa consommation en blé; mais, chez elle, comme dans le reste de la France, l'industrie des grands moulins et les bénéfices laissés par les importations de blé faussent les conditions normales de la production et de la consommation, en donnant lieu à de nombreuses spéculations. Les leçons de la guerre devraient cependant nous forcer à réfléchir et nous faire comprendre une bonne fois la nécessité absolue qu'il y a pour un pays d'assurer par lui-même la satisfaction de ses besoins et de se rendre autant que possible indépendant de l'étranger, fût-il un allié.

Des fumures plus généreusement distribuées et plus rationnelles, qui assureraient les fortes productions de pommes de terre et de betteraves, procureraient aussi aux céréales subséquentes un supplément de rendement, qui, par ce temps de vie chère, ne pourrait qu'être avantageux. Le mot d'ordre, ne l'oublions pas, doit toujours être le suivant : produire, produire et encore produire ! Et la production agricole est à la base de toutes les autres. L'Alsace peut devenir, et doit par conséquent devenir un pays exportateur non seulement au point de vue industriel, mais aussi et surtout au point de vue agricole. C'est à cette condition qu'elle contribuera à l'enrichissement de la France, et c'est à atteindre ce résultat que doivent tendre les efforts de l'administration française.

Le houblon est une des cultures les plus populaires en Alsace, et les hautes perches autour desquelles s'enroulent les lianes verdoyantes et chargées de cônes odorants font l'admiration des étrangers, qui, pour la première fois, visitent le pays. C'est surtout dans la région de Haguenau que se concentre la culture de cette plante, qui demande à la fois de la chaleur et de l'humidité. On peut lui appliquer la même formule qu'au palmier, dont on dit en Afrique qu'il doit avoir les pieds dans l'eau et la tête dans le feu.

Près de 4 000 hectares sont consacrés en Alsace-Lorraine à la culture du houblon, et les quantités récoltées sont très variables d'une

BERGER DE ROTHLACH
(Dessin de Th. Schuler.)

année à l'autre : elles ont passé de 54 000 quintaux métriques en 1908 à 5 500 quintaux métriques en 1909, pour remonter à 50 000 en 1910. Dans ces conditions, le commerce du houblon donne lieu à des spéculations considérables, auxquelles se livrent de nombreux courtiers, qui s'efforcent d'accaparer le bénéfice légitime revenant aux producteurs. C'est pour obvier à ces inconvénients que ces derniers se sont décidés à créer des syndicats de vente, dont l'organisation laisse encore à désirer, mais qui, il faut bien l'espérer, finiront par réussir.

Quant au tabac, sa culture en Alsace-Lorraine s'étendait, en 1909, sur près de 1 500 hectares, tandis qu'en 1872 elle en absorbait 3 000 ; et cependant le prix des feuilles n'a pas sensiblement varié, puisqu'en 1872 il comportait 69 marks par quintal métrique et qu'en 1909 il comportait 67 marks 80. Il est vrai que les frais de culture avaient dans l'intervalle considérablement augmenté, en sorte que le bénéfice a nécessairement diminué. On peut espérer que la régie française, qui savait apprécier la qualité du tabac alsacien, rendra à cette culture son ancienne prospérité, car le nombre des fumeurs n'a pas diminué, et, en spéculant sur la passion qui consiste à aspirer une fumée plus ou moins âcre et nauséabonde, l'État se procure des ressources supplémentaires. Personne ne s'en plaindra, parce qu'elles ne seront fournies que par ceux qui le veulent bien.

UNE RUE D'OBERNAI

Et maintenant, après avoir donné ce long aperçu, que je m'excuse d'avoir rendu ennuyeux, je ne puis mieux faire que d'emprunter au vieux Sophocle les paroles touchantes qu'il consacrait aux environs d'Athènes et de les appliquer à l'Alsace en m'écriant :

« Étranger, te voici dans le plus délicieux séjour de la terre, dans une contrée riche en rapides coursiers et en fécondes génisses. Là, gémissent, au fond de verdoyantes vallées, dans d'épais bocages, une foule de rossignols à la voix mélodieuse ; là, les arbres chargés de fruits ne redoutent ni les brûlantes ardeurs du soleil, ni la rigueur des farouches tempêtes et tendent leurs rameaux bienfaisants ; là enfin, Bacchus aime à promener ses joyeux transports, escorté du cortège joyeux des nymphes, ses nourrices.

« Sans cesse la rosée du ciel fait fleurir le cytise aux belles grappes, le brillant narcisse et le safran aux reflets dorés.

« Les sources de nombreuses rivières ne sommeillent jamais et fournissent une onde fraîche qui serpente à travers la plaine entre les aulnes vigoureux ; et toujours leurs eaux fécondent en passant le vaste sein de la terre.

« Ni Vénus à la ceinture d'or, ni le chœur des muses légères, ni les troupes nombreuses que Mars aime à conduire au combat ne dédaignent cette contrée, dont le peuple est habile dans l'art de labourer la terre, de dompter et dresser les coursiers et de voguer sur les fleuves impétueux.

« O fils de Saturne, roi Neptune, c'est toi qui as élevé ce peuple à ce haut degré de gloire ; toi qui, le premier, as inventé le frein qui maîtrise la fougue des coursiers, toi par qui les barques légères que manient des mains armées de rames s'élancent sur les flots à la suite des infatigables naïades ! »

ANSELME LAUGEL.

* * *

Tout d'abord, je prierai mes lecteurs de m'excuser d'être contraint de les plonger dans les horreurs de la statistique. Mais les chiffres qui vont suivre, et qui se rapportent à l'Alsace-Lorraine tout entière, feront mieux apprécier l'incomparable valeur agricole de cette terre redevenue française.

En 1913, les statisticiens de Sa Majesté l'Empereur constataient que, sur une population dont le chiffre total a été indiqué précédemment, 551 654 personnes, dont 294 051 femmes, vivaient des travaux des champs et cultivaient 881 569 hectares.

Leur labeur quotidien était récompensé par une grosse production, puisque les mêmes statistiques nous annoncent : 246 914 tonnes de blé, 81 801 de seigle, 105 621 d'orge, 178 321 d'avoine, 1 136 734 de pommes de terre, 206 319 de trèfle, 135 134 de luzerne, tandis que la prairie, sans tenir compte des chaumes vosgiens, fournissait 918 682 tonnes de foin.

En 1913 toujours, la vigne couvrait une

LES VIGNOBLES PRÈS DE GUEBWILLER

superficie de 26 836 hectares, en régression sérieuse sur 1911 (28 440 hectares) et sur 1908 (30 019 hectares). La cause de cette régression a été nettement indiquée dans l'article de M. A. Laugel. Cette même année, la récolte : 178 836 hectolitres (600 000 en temps normal), était une des plus faibles qu'on eût vues depuis longtemps ; le vignoble de la plaine n'ayant pu fournir aux Allemands les quantités attendues, ceux-ci se virent contraints d'augmenter leurs commandes de pommes en Normandie et en Bretagne pour pouvoir fournir à leurs casinos d'officiers le « Sekt » qui leur était nécessaire.

A côté de ces chiffres, nous trouvons, mais surtout dans le Bas-Rhin, du houblon (superficie totale : 4 184 hectares). Le grand marché houblonnier d'Alsace-Lorraine était à Haguenau ; un syndicat des houblonniers (Hopfenbauverein) y avait son siège et son journal. Les brasseries d'Alsace-Lorraine produisaient annuellement 1 274 000 hectolitres de bière, tandis que 3 462 hectares de champs plantés en tabac fournissaient 6 688 600 kilogrammes de l'herbe précieuse de Nicot.

La culture de la betterave sucrière, tombée en décadence depuis le milieu du XIXe siècle, reprit quelque importance dans l'arrondissement d'Erstein avec la création au chef-lieu de cet arrondissement, en 1894, d'une fabrique de sucre. En 1913, cette sucrerie fournissait 121 536 quintaux métriques.

Mais l'Alsace-Lorraine n'a pas que des champs, elle a des jardins et vergers productifs.

KAYSERSBERG. — MAISON DU MARÉCHAL FERRANT.

La culture maraîchère, très répandue, surtout à proximité des grandes villes, y était très en honneur et fournissait à l'envi primeurs, légumes et fruits. Parmi les premiers, il importe de signaler la production du chou blanc pommé, du chou à choucroute qui vient à merveille dans les grands marais de plaine gagnés à la culture. Quant aux seconds, ils alimentaient pour la plupart les alambics des bouilleurs de cru, petites distilleries individuelles, et les grandes distilleries (trois seulement supérieures à 200 hectolitres). En 1913, il avait ainsi été distillé 14 857 hectolitres d'alcool (kirsch, eaux-de-vie de marc, de quetsch, de mirabelle, de sureau, d'alise, etc.). Le long des routes étaient plantés en outre 645 000 arbres fruitiers (cerisiers nains, pommiers alternant entre eux, le long de la chaussée, dans un dessein sans doute militaire : évaluation rapide des distances, repérage facile).

L'importance de la prairie en Alsace-Lorraine y explique l'importance du cheptel : 522 915 bêtes à cornes, 136 884 chevaux, 45 654 moutons, 72 367 chèvres, tandis que nous y trouvons des cochons (436 765), des oies (149 306), surtout en Basse-Alsace, où les industries alimentaires bien connues en tiraient le parti que savent tous les gourmets, 669 140 lapins et plus de 2 300 000 volailles de basse-cour.

Cet exposé serait incomplet s'il n'y était fait mention de la place qu'occupent l'apiculture avec 50 000 ruches en Alsace et 35 000 en Lorraine, et la pisciculture, pratiquée sur une grande échelle

TYPE DE PAYSAN LORRAIN

dans les étangs du Sundgau et de la Lorraine.

Les cultivateurs avaient leurs syndicats officiels. C'étaient les 23 comices agricoles (un par arrondissement) qui fonctionnaient comme coopératives d'achat et encourageaient la production par l'attribution de récompenses aux meilleurs produits. Dans chaque département fonctionnaient des sociétés d'assurances contre la grêle, mais qui étaient contraintes, en raison de l'étendue possible des sinistres et des risques, d'assurer, moyennant un taux relativement élevé. Notons encore les deux stations ou laboratoires d'essais, dont l'une fonctionnait à Colmar, parallèlement à l'école d'agriculture de Rouffach, et l'autre à Metz. Des chimistes et professeurs d'agriculture faisaient toutes les analyses demandées et procédaient à des expériences de culture rationnelle. La station de Colmar se doublait d'une station œnologique très importante, tandis que Brumath était le siège d'une école d'horticulture avec de grandes pépinières modèles.

Les éleveurs avaient aussi leurs syndicats (Tierzuchtvereine). Le service vétérinaire apportait un soin jaloux au choix des étalons et des taureaux reproducteurs. A Strasbourg se trouvait un haras impérial (Kaiserliches Landgestut) de 75 étalons ; 21 coopératives s'occupaient de la vente du lait et de la production des produits dérivés (beurres et fromages).

En outre, l'Alsace-Lorraine a hérité d'un magnifique patrimoine forestier (443 450 hectares). Cette superficie était jadis plus considé-

(*Photo Prillot, Metz.*)

LESSY, PRÈS DE METZ. — LE VILLAGE ET LES VIGNOBLES ENVIRONNANTS

rable en plaine. La Hardt, la forêt de Nonnenbruch ne sont que des vestiges d'une forêt plus considérable qui s'étendait au nord jusque vers Colmar, et que les habitants ont peu à peu remplacée par des cultures, ne conservant à l'état de forêts que les parties maigres, encore assez étendues. Ces forêts abritaient un abondant gibier : chevreuil et faisan, lapin surtout dans la plaine, cerf et daim dans la montagne, lièvre et perdrix un peu partout.

Voyons maintenant quelle est, dans ces richesses, la part de la Lorraine.

Comme l'Alsace, mais moins qu'elle, la Lorraine est un pays de petites propriétés. Les plus grands domaines (de 20 à 100 hectares et au delà) se trouvent dans l'arrondissement de Château-Salins, dans les terres marneuses qui recouvrent les collines de cette région pour s'étendre ensuite jusqu'aux Étangs. Les champs y alternent avec les grandes forêts, les prairies et les terres y sont argileuses et tenaces, bourbeuses et compactes en hiver, desséchées et fen-

dillées en été. Les labours y nécessitent des attelages puissants, de quatre à six chevaux, mais les récoltes sont fructueuses. Dans l'arrondissement de Metz-Campagne, par contre, le morcellement atteint son maximum ; c'est le pays de la vigne et des arbres fruitiers, petits jardins, petits arpents, dont nous étudierons plus loin la production.

Les prairies sont en majorité au pied des Basses-Vosges, où elles tapissent les fonds humides des vallées. C'est ainsi qu'en ce qui concerne l'arrondissement de Sarrebourg venait en tête avec près de 15 000 hectares faisant suite à 42 000 hectares de forêts.

Les populations agricoles de la Lorraine sont groupées dans des villages établis au pied des côtes pour la plupart, aux endroits où reparaissent les eaux d'infiltration. Ces villages, qui s'allongent autour d'une ou de deux rues, sont entourés de jardins fruitiers, séparés souvent les uns des autres par de petits murs.

Les maisons de ces villages sont construites

d'après un type assez uniforme. Au rez-de-chaus-sée, le poêle, pièce principale, les chambres à coucher, la cuisine, la chambre à four, la laite-rie ; au premier étage, des logements pour le personnel ; au-dessus, les greniers à grains. A l'extérieur, ce sont les engrangements, com-prenant la grange, dont la grande porte cochère cintrée permet l'entrée des grandes voitures du pays, chariots à quatre roues surmontés d'échelles, pouvant porter jusqu'à 20 quintaux de fourrage et néces-sitant des attelages de quatre chevaux ; et les écuries pour chevaux et bétail, avec leurs portes caractéris-tiques, petites et basses.

Ces vastes engran-gements permettent aux cultivateurs de tout rentrer sous leur toit en fin de jour-née. Aussi ne voit-on de meules que dans la région des étangs pour les lèches ou herbes d'étangs qui servent à faire la li-tière et à économiser la paille.

Si la récolte est soi-gneusement rangée, les rues des villages sont presque toujours encombrées de chariots, de machines agricoles, de tas de fumier, de bois d'affouage.

La culture de la vigne en Lorraine est très ancienne. En 1338, nous trouvons déjà des ordonnances prescrivant l'arrachage des «plants de grosse espèce». En 1913, la Lorraine a 5 176 hectares plantés en vigne. Cette vigne garnit dans Metz-Campagne et Thionville-Est les flancs des coteaux de la vallée de la Moselle exposés à l'ouest et au midi, où elle alterne avec les vergers d'arbres fruitiers ; dans l'arron-dissement de Château-Salins, les collines aux pentes parfois abruptes qui bordent la haute vallée de la Seille, au nord de l'alignement Marsal-Dieuze. Citons parmi les crus les plus réputés Dornot et Magny (vin blanc) et Scy

(Photo Prillot, Metz)
VIEUX PAYSAN LORRAIN

(vin rouge). En 1913, qui avait été pour l'Alsace-Lorraine viticole une année de faible rendement, la Lorraine avait fourni 3 312 hecto-litres de vin blanc et 14 174 de vin rouge.

Si l'Alsace a ses primeurs et ses fruits, la Lorraine n'est pas moins bien pourvue au point de vue de la culture maraîchère. C'est ainsi que les asperges de Montigny et de Sablon peuvent rivaliser avec celles des centres alsaciens d'Hor-bourg et de Hoerdt, que les légumes poussaient à l'envi surtout dans l'arrondissement de Metz-Campagne, qui fournissait aussi des crus de fruits réputés : prunes de Plap-peville, fraises de Saul-ny, Lorry et Woippy, mirabelles de Lessy et Lorry. La race de ces beaux arbres frui-tiers est une création des pépinières messi-nes, dont la plus illustre se trouvait à Plantières. Au mo-ment des récoltes, les gares de Metz expé-diaient en Allemagne, où elles étaient très estimées, plus de 500 000 kilogrammes de poires et d'appréciables quantités d'au-tres fruits.

Sur les 1 577 hectares plantés en tabac pour l'Alsace-Lorraine, la Lorraine n'a que quelques hectares, encore sont-ils morcelés à l'infini, surtout dans l'arrondissement de Sarreguemines. Or la statistique accuse 1 562 plantations infé-rieures à un are. Quant au houblon, la Lorraine n'en avait en 1913 que 234 hectares (contre 3 854 dans le Bas-Rhin). A raison de 2 500 per-ches par hectare, cela représente 585 000 plants. Les principales houblonnières se trouvaient dans l'arrondissement de Château-Salins, entre Vic et le chef-lieu, où elles faisaient suite à celles de Meurthe-et-Moselle vers Dieulouard-Luné-ville et Gerbéviller. Leur rendement était très supérieur à celui des houblonnières d'Alsace

(829 kilos à l'hectare contre 350 dans le Bas-Rhin).

L'agriculture en Lorraine nécessite, avons-nous dit, de forts attelages. Il en est de même des industries, qui sont principalement des industries extractives. Il n'est donc pas surprenant que la Lorraine ait plus de chevaux à elle seule que les deux districts alsaciens réunis (72 190 têtes). Elle a également un nombre appréciable de bêtes à cornes (184 355) et de moutons (27 640). Quant au reste, elle est sensiblement l'égale du Haut et du Bas-Rhin. Les apiculteurs y ont 35 000 ruches. En outre, les étangs lorrains, comme ceux du Sundgau, servaient de siège à une importante pisciculture de gros rapport.

Enfin la Lorraine avait, en 1913, 157 925 hectares de forêts, dont 75 204 appartenant à l'État, 42 544 aux communes, 38 222 à des particuliers.

VALLIÈRES. — LA RUE PRINCIPALE

Les bois et forêts des régions calcaires et marneuses sont presque exclusivement composés de chênes et de hêtres, avec parfois des charmes et des bouleaux. Dans la région des Basses-Vosges gréseuses, ce sont au contraire les résineux qui dominent. C'est aussi le cas pour les forêts situées au nord de la dépression de Saint-Avold (forêts de Longeville, de Saint-Avold, de La Houve), ainsi que pour la grande forêt domaniale de Carlsbronn.

Ce court exposé permettra de se rendre compte que la richesse ne fait pas plus défaut au sol qu'au sous-sol du département de Moselle, recouvré enfin par la mère patrie.

A. BARIGUER.

NORROY. — L'ÉGLISE

ALSACIENNES TRESSANT DES COURONNES POUR LE
RETOUR DES FRANÇAIS

TABLEAU DE C. A. PABST.

Supplément au fascicule 51 de *Notre Histoire, Notre Lorraine*.

LA FONTAINE SAINTE-ODILE

(Photo Braun.)

CHAPITRE X

LA VIE EN PLEIN AIR

Par JEAN KNITTEL

'ALSACIEN, sinon le Lorrain, était prédestiné à devenir un sportif, c'est-à-dire un homme qui cultive ses forces physiques, qui s'entraîne pour lutter avec succès contre les éléments ou, le cas échéant, contre ses semblables.

Il y était prédestiné à cause de la situation même du pays, j'entends de sa situation géographique. Les frontières de l'Alsace étant, d'un côté, le Rhin, le fleuve aux eaux rapides dont la traversée exigeait des efforts considérables et un outillage technique assez compliqué, et, de l'autre, les Vosges qui, couvertes d'épaisses forêts, formaient un puissant obstacle au trafic avec les habitants du versant opposé, nos ancêtres ont dû s'habituer rapidement à vaincre, par leur vigueur ou leur adresse musculaire, les difficultés d'ordre naturel qui entravaient leurs besoins d'existence, et le libre développement de leur commerce ou ce qu'on appellerait aujourd'hui leur expansion économique.

De plus, le mélange des races nombreuses qui, au cours de l'histoire, ont séjourné dans le pays, — on sait qu'il a été

LA PYRAMIDE

un objet de convoitise pour tous les conquérants qui l'ont traversé — y a créé une énorme variété de capacités sportives, appropriées à la constitution et aux fonctions des différents habitants de nos villes et de nos campagnes.

En outre, l'Alsace étant la route d'accès facile au nord et au sud, par laquelle les armées, jadis, se portaient à la conquête des plaines lombardes ou, au contraire, refoulaient les envahisseurs d'outre-Rhin, il est arrivé que les diverses coutumes importées par ces armées de passage se sont répandues aisément dans la contrée, et c'étaient toutes, ou pour la plupart du moins, des coutumes que nous pouvons qualifier de sportives.

On m'objectera, sans doute, que l'instinct sportif est une « découverte » moderne.

C'est, en effet, une réaction contre ce phénomène, inévitable à mesure que la civilisation se perfectionne, que les exercices corporels ne tiennent plus dans notre existence journalière une place suffisante. La vie sédentaire, le labeur intellectuel, le travail dans les usines, les ont peu à peu éliminés. Il s'agit de leur rendre leur rôle. Le goût des sports y pourvoira, dans les villes, du moins. Les classes campagnardes, qui, par la nature même de leurs occupations, ont suffisamment le loisir d'exercer leur corps et leurs muscles, n'ont encore, elles, qu'un « instinct sportif » peu développé.

Rien, par exemple, n'est plus amusant ni instructif que d'observer le sourire apitoyé qui se dessine sur les lèvres de nos braves bûcherons, quand, par un froid rigoureux, ils voient arriver les gens de la ville avec leurs skis sur le dos, ou traînant des luges ou même de modernes *bobsleighs*. Ces montagnards endurcis comprennent avec difficulté que les citadins, alors qu'ils habitent de belles maisons bien chauffées, — ou qui, du moins, avant la guerre, étaient bien chauffées — s'amusent à courir les bois... ou à se casser les membres, après s'être attaché aux pieds des planches démesurément longues. Est-ce que ces bourgeois enragés ne feraient pas mieux, se disent-ils, de rester tranquillement chez eux, plutôt que d'affronter la tempête de neige dans les Vosges et de sentir les fines aiguilles de glace se planter cruellement dans leurs joues ?

DÉFILÉ D'UNE SOCIÉTÉ ALSACIENNE DE GYMNASTIQUE

Nous distinguerons donc entre le sport, institution moderne, et la vie en plein air, tout en faisant remarquer que le peuple alsacien cultive depuis longtemps le goût des exercices physiques et qu'avant beaucoup d'autres il a recherché les divertissements sains, propres à lui conserver sa souplesse ou son équilibre.

LE SPORT NAUTIQUE

L'Alsace est sillonnée de nombreux cours d'eau. Et autrefois ils étaient bien plus nombreux encore qu'à présent. Jusqu'à une époque qui précède de peu la guerre de 1870, le Rhin, qui n'est régularisé et endigué que depuis une quarantaine d'années, envahissait chaque printemps la plaine alsacienne de ses eaux tumultueuses, et changeait de minces ruisseaux en larges rivières ou même en nappes étendues. L'usage des bateaux et des barques était donc habituel. Déjà, sous le règne d'Auguste, l'administration romaine (1) s'était appliquée à favoriser la navigation sur le Rhin, en protégeant par des flottilles armées la circulation commerciale. Peu à peu, à l'exemple d'autres villes rhénanes, une tribu de bateliers se forma dans l'ancien Strasbourg. Les bateliers de Strasbourg acquirent vite une grande célébrité, dont fait foi l'ancien code de leur tribu dite de l'*Ancre*, où il est écrit : « On sait que les bateliers strasbourgeois existent depuis que Strasbourg existe, et que leurs droits et coutumes sont de date aussi reculée que les droits et coutumes de la ville. »

La batellerie était donc, de tout temps, particulièrement active à Strasbourg. Des documents assez précis nous renseignent sur les procédés de transport en usage aux IXe et Xe siècles. Ils étaient des plus primitifs. On employait des bateaux à fond plat, grossièrement bâtis en sapin, rarement en chêne. On les dirigeait au moyen de longues gaffes. La navigation se faisait presque uniquement à la descente à défaut de chemins de halage, et l'on vendait les embarcations au lieu d'arrivée. Les hardis bateliers de Strasbourg ne se bornaient pas, du reste, à descendre le Rhin jusqu'à Mayence ou à des stations situées plus au nord, souvent ils poussaient jusqu'à des régions inconnues. C'est à ces traversées plus ou moins aventureuses que font allusion les nombreux documents des archives alsaciennes qui qualifient les bateliers de Strasbourg d' « explora-

(1) ENGELHARDT, *La tribu des bateliers de Strasbourg.*

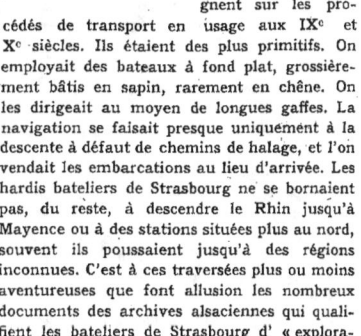

(Photo Gerschel aîné, Strasbourg)

UNE FÊTE DE GYMNASTIQUE A STRASBOURG

teurs du Rhin », en leur attribuant le mérite d'avoir fait du grand fleuve une des routes principales du trafic européen au Moyen Age.

Les bateliers de Strasbourg avaient plusieurs « poêles », où ils se réunissaient de coutume. Ces poêles, où se discutaient les affaires, servaient également aux fêtes, ou aux réjouissances plus intimes de la vie patriarcale. La grande salle était toujours ornée de portraits des saints patrons et de modèles réduits de bateaux de charge ou de plaisance ; on remarquait aussi un vaisseau de guerre que les bateliers offraient à la curiosité publique dans les grandes solennités.

Si les bateliers célébraient dans l'intimité leurs fêtes corporatives, ils participaient aussi, dans une large mesure, aux cérémonies publiques, et leur concours en faisait souvent le principal attrait. A certaines époques de l'année, ils se livraient à des exercices variés de gymnastique qui attiraient sur les bords de l'Ill une foule considérable de Strasbourgeois et d'habi-

tants de la campagne. Dans ces circonstances, les pêcheurs, qui avaient toujours été nombreux dans l'Alsace entière, se joignaient à eux pour former une sorte de seconde classe de batellerie. Les uns et les autres étaient vêtus, d'ordinaire, de toile blanche garnie de rubans ; quelques-uns se costumaient en personnages burlesques. Maîtres, bateliers, valets et pêcheurs se confondaient dans une procession bruyante pour aller inviter les autorités de la ville à participer aux solennités. Des bateliers se détachaient de la bande et adressaient leurs vœux au Magistrat et en recevaient des cadeaux.

C'était d'ordinaire au quai nommé aujourd'hui encore quai des Bateliers, — il longe l'Ill en face du palais des Rohan, — qu'ils donnaient le spectacle de leurs jeux nautiques, ou bien encore dans le bassin formé, au quai des Pêcheurs, par la jonction du bras principal de la rivière et du canal des Faux-Remparts. Les réjouissances se composaient de courses à la nage ou en bateau, d'attaques à la perche, de jeux tels que « Bacchus et son tonneau », etc., tous divertissements familiers aux Strasbourgeois et se succédant, en un ordre connu, aux acclamations des curieux massés sur les quais et sur les ponts voisins.

Mais le jeu traditionnel le plus goûté était incontestablement le fameux *Jeu de l'Oie,* ou *Gænselspiel*, pratiqué encore aujourd'hui, à Strasbourg, par une société spéciale, qui entraîne ses membres méthodiquement aux joutes nautiques et dont la popularité est restée très grande. Chaque défilé à travers la ville sur des barques peintes de couleurs voyantes et décorées de drapeaux multicolores provoque l'enthousiasme de la foule, des enfants surtout, qui suivent en criant les évolutions de la flottille. Pour ce jeu, les barques sont munies à l'avant de strapontins élevés, sur lesquels le jouteur prend place ; il est armé d'une longue perche terminée par un tampon. Les embarcations des deux camps rivaux s'approchent les unes des

UN DES SOMMETS DES SPITZKOPFE

autres à force d'aviron, et l'homme à la perche s'efforce de pousser son adversaire à l'eau. Les manœuvres, commandées par un capitaine, ne sont pas toujours d'une exécution aisée. Aussi les scènes qui se produisent sont-elles, souvent, des plus bouffonnes et provoquent alors, chez les spectateurs, une hilarité homérique. Rien de plus grotesque, en effet, que de voir les adversaires se lancer de grands coups de perche, se manquer réciproquement et tomber à l'eau au milieu des cris de joie des assistants et des imprécations des équipages, qui ne se privent pas de déverser sur les malheureux plongeurs, à qui mieux mieux, ces sortes de souhaits peu chrétiens dont le vocabulaire strasbourgeois dispose en quantité respectable. Souvent aussi les mouvements désordonnés des lutteurs font chavirer des embarcations entières. Et la foule ne se tient pas de joie, à regarder les rameurs, les mousses, les capitaines eux-mêmes, vêtus de leurs beaux costumes blancs et rouges, nager désespérément pour essayer de rattraper leur embarcation, leurs avirons et leurs beaux bérets qui s'en vont à la dérive. L'heureux gagnant, c'est-à-dire le jouteur qui a su se débarrasser de tous ses concurrents sans prendre de bain lui-même, reçoit des mains de l'arbitre, entouré pour la circonstance de dames d'honneur affublées de costumes aussi flamboyants que ceux des rameurs, l'oie grasse, prix de la joute, sans compter force médailles. L'équipage, naturellement, ne s'en retourne pas les mains vides et rapporte, lui aussi, de précieux souvenirs qui font la fierté des familles.

La Société du *Gænselspiel*, dont les uniformes se sont embellis de la gaie cocarde tricolore, a été de toutes les manifestations sportives organisées depuis le retour de nos provinces à la mère patrie. Ses joutes font le bonheur et l'admiration des braves poilus. Ils se sont par-

LE MONT SAINTE-ODILE

faitement rendu compte que tout cela était une partie du passé historique de la vieille Alsace et méritait l'intérêt de la Vieille France, qui retrouve les anciennes coutumes de sa province comme elle les avait connues avant « l'Année terrible ».

Strasbourg, ville de fleuve, de rivières et de canaux, devait, forcément, devenir une des cités européennes où le sport, relativement moderne, du canotage recruterait ses adeptes les plus fervents. Comment n'en eût-il pas été ainsi ? Les descendants des anciens bateliers du Rhin, que l'audace et l'esprit d'entreprise propres aux habitants de nos contrées entraînaient à des expéditions dangereuses et lointaines, étaient faits, plus que tous autres, pour s'intéresser au sport nautique.

Strasbourg seul compte plusieurs sociétés d'aviron, parmi lesquelles la *Stella*, le *Rowing-Club* et l'*Ill-Club* figurent au premier rang. Le *Rowing* et la *Stella* participent aux grandes épreuves et ont déjà remporté de brillants succès aux régates internationales et régionales. L'*Ill-Club* a des goûts plus paisibles ; ses statuts ne prévoient pas la participation aux régates ; ses membres portent leurs efforts sur le tourisme nautique, mais ils ont fait parfois, dans leurs jolies yoles, des promenades qui les ont menés... jusqu'à la mer. Il faut citer aussi les belles excursions entreprises, quelques années avant la guerre, par des membres de la *Stella*, qui, partant de Strasbourg sur leurs « baladeurs » de long cours, ont poussé, un jour, jusqu'à Rotterdam, une autre fois jusqu'à Marseille ; jolis trajets, convenons-en, pour des bateaux dont les parois ne sont guère plus épaisses qu'une coquille de noix !

Quels gaillards, aussi bien, que nos canotiers !

Il faut aller les admirer le dimanche, quand ils glissent, rapides, sur l'Ill ou la Bruche, dans leurs skiffs gracieux, ou leurs canoës, ou quand, aux grandes occasions et pour les courses, ils sortent leurs *quatre* ou leurs *huit* et que leurs avirons semblent légers comme des plumes sous l'action puissante et rythmique de leurs bras musculeux et brunis au grand soleil.

On a souvent prétendu que le sport a un caractère international. C'est possible ; mais en tout cas il ne l'avait pas en Alsace ni en Lorraine ! Que de luttes on y a menées contre les « frères d'Outre-Rhin » ! Nos canotiers s'en souviennent, eux qui ont dû se défendre, même dans leurs plaisirs, contre les « camarades » boches ! Car les Alsaciens, en Alsace, n'étaient pas seuls, hélas ! à pratiquer le sport nautique. Nos anciens oppresseurs — qui s'entendaient si bien à imiter autrui — eurent vite fait de fonder, eux aussi, des sociétés de canotage et de bâtir

ROZÉRIEULES. — VUE GÉNÉRALE

de beaux et de commodes garages, à côté même de nos vieux garages alsaciens, qui auraient fait triste mine auprès de ces installations confortables et modernes s'il n'y avait régné un « esprit sportif », au moins égal à celui des nouveaux venus...

Les canotiers allemands, raides et systématiques, s'entraînaient à la course en répétant pendant des heures entières les mêmes mouvements. Mais nos canotiers à nous les valaient bien, avec leurs qualités individuelles et leur nervosité toute gauloise. Et l'amour-propre national les stimulait, lorsqu'ils s'exerçaient sur l'Ill, pendant les douces soirées de printemps, ou lorsque, au radieux soleil des journées de courses, ils se penchaient sur leurs avirons pour mener à la victoire leurs couleurs alsaciennes, le rouge et le blanc, qui semblaient attendre le bleu...

Comme dans toutes les institutions sportives des annexés, un conflit avec les éléments étrangers devait fatalement éclater. Nos Sociétés alsaciennes-lorraines faisaient partie de la *Fédération internationale d'aviron* et y figuraient comme pays particulier, ne voulant pas se rattacher aux sociétés allemandes et ne pouvant pas adhérer aux sociétés françaises. A un certain moment, les Allemands, qui avaient fondé la grande *Fédération allemande d'aviron (Deutscher Ruderverband)*, furent sollicités d'entrer, eux aussi, dans la Fédération internationale. Ils déclarèrent qu'ils s'abstiendraient

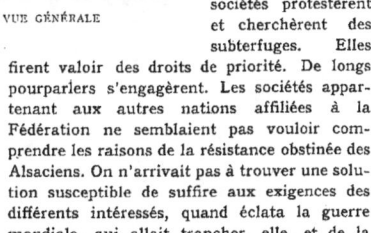

tant que les Alsaciens resteraient inscrits comme représentants d'un pays distinct de l'Allemagne, et ils engagèrent ces Alsaciens à démissionner en bloc, pour entrer dans le *Deutscher Ruderverband*, qui, lui, adhérerait alors à la *Fédération Internationale*. Nos braves sociétés protestèrent et cherchèrent des subterfuges. Elles firent valoir des droits de priorité. De longs pourparlers s'engagèrent. Les sociétés appartenant aux autres nations affiliées à la Fédération ne semblaient pas vouloir comprendre les raisons de la résistance obstinée des Alsaciens. On n'arrivait pas à trouver une solution susceptible de suffire aux exigences des différents intéressés, quand éclata la guerre mondiale, qui allait trancher, elle, et de la bonne façon, tous ces litiges.

La guerre déclarée, les sociétés du pays annexé allaient passer par de mauvais moments. Une partie de leurs garages furent réquisitionnés, et leur existence corporative fut interrompue par la loi de l'état de siège, qui était vigoureusement appliquée en Alsace et en Lorraine. Des descentes de police eurent lieu dans les locaux.

Les papiers et les procès-verbaux des séances

NOTRE RELIURE-EMBOITAGE

AUX FERS SPÉCIAUX DE RAMON PICHOT

AVEC le fascicule 20, s'est terminé le premier volume de *Notre Alsace, Notre Lorraine*.

Pour leur faciliter la reliure de leurs fascicules, nous mettrons à la disposition de nos acheteurs et de nos abonnés, une RELIURE-EMBOITAGE avec fers spéciaux dessinés par RAMON PICHOT et frappés en or et en à-froids ; dos grenat en tissu imitation cuir, plats toile.

En même temps, *et sans supplément de prix*, nous joindrons les titres, faux-titre et la table des matières du tome.

Avec notre reliure-emboîtage, et pour un prix modique, tout relieur pourra fournir un volume parfait.

Le prix de la reliure-emboîtage du premier volume de *Notre Alsace, Notre Lorraine*, sera de 7 fr. 50.

(Les frais de port et d'emballage sont à ajouter à ce prix à raison de 0 fr. 75 ; l'envoi est fait par poste, à domicile.)

Nous pourrons fournir les titres, faux-titre et la table des matières, *sans la reliure-emboîtage*, au prix de 0 fr. 75 franco.

Les commandes seront livrées vers *le 10 Octobre* dans l'ordre de leur réception. — S'inscrire tout de suite, par lettre adressée à

L'ÉDITION FRANÇAISE ILLUSTRÉE
:: :: 30, Rue de Provence, PARIS :: ::

CORBEIL, IMP. CRÉTÉ

www.ingramcontent.com/pod-product-compliance
Lightning Source LLC
Chambersburg PA
CBHW061516170626
46811CB00004B/1741